這一頁是假鈔。最近的假鈔都仿冒得很逼真，
不仔細看很容易受騙。但是，仔細比較的話，
就會發現有五個地方不一樣。
請各位讀者仔細找找看，到底哪裡不一樣。

（答案請見本書的後扉頁）

10000
10000
VM549624L
動物銀行印製
壹萬圓
動物銀行
VM549624L
樺山 諭吉

我們連十塊錢也沒有，什麼一萬圓的事，根本和我們沒有關係。我比較關心的問題是：我肚子餓了。
對啊，什麼一萬圓都和我們沒關係啦，我們最好趕快找到今天的晚餐比較要緊。

怪傑佐羅力之超級有錢人

文·圖 **原裕**　譯　王蘊潔

☆本作品是說謊的人編出來的故事，和真實的人物、團體和事件等等都完完全全沒有任何關係。

這天晚上，佐羅力三人就在馬鈴薯田旁邊露宿。

只要有馬鈴薯，天下就無難事，
馬鈴薯總是幫我們很大的忙，
我們的生活總是少不了馬鈴薯，
馬鈴薯總是為我們帶來幸福，
馬鈴薯是我們的魔法之光，
嘿吼嘿吼嘿吼嘿嘿吼。
噗噗噗—

佐羅力和伊豬豬吃了很多馬鈴薯，肚子吃得很飽，心情愉快的唱著歌，只有魯豬豬背對著他們，低著頭不知道在做什麼東西。

「喂，魯豬豬，你在幹什麼呀？」

聽到佐羅力這麼問，魯豬豬說……

「我在做馬鈴薯印章啊。馬、鈴、薯、印、章。」

「什麼是馬鈴薯印章？」

製作馬鈴薯印章的方法

①把生的馬鈴薯對半切開。
唰！
②先用墨水在馬鈴薯剖面上畫草稿。
和製作版畫一樣，刻字的時候，字要反方向寫喔。
ㄅ
大便
③再用雕刻刀挖掉線條以外的地方。
④在表面塗上顏色，就可以蓋印章了。
魯豬豬削尖了細竹片，做成雕刻刀。

好期待
好期待
好興奮
好興奮
啪！
嘰嘰
黑色
墨水

「魯豬豬，你到底刻了什麼？給我們看看。」

「嘿嘿嘿，既然你們想看，那我就馬上來公布我的新作品。」

魯豬豬在印章上塗了滿滿的墨水，然後啪的一聲，用力蓋在一張白紙上。

鏘鏘鏘！

魯豬豬拿起印章後，紙上出現了黑色線條畫成的佐羅力的臉。

「喔，魯豬豬，沒想到你挺有藝術天分的嘛，刻得很棒呀！」

「佐羅力大師，你每次做了壞事，不是都會留下簽名嗎？

下次不用簽名了，
只要用這個馬鈴薯印章，
啪的蓋一下就好了，
怎麼樣？」

「有道理，這麼一來，
就可以省下簽名的力氣，
上面還有我的臉，一看就知道，
邪惡大王佐羅力大爺到此一遊。
真是太棒了，真令人期待啊。」

佐羅力興奮得不得了，很想馬上找個地方蓋他的馬鈴薯印章，他靈機一動，立刻想到一個好主意。

①光天化日之下去搶銀行。
搶劫！如果不想受傷的話，就快一點把錢裝進這個袋子裡。
啊，不要，請你饒我一命。
啪！

②老百姓全嚇破了膽，心裡都想知道，這麼大膽狂妄的手法，到底是誰幹的？
再見囉。
剛才那個可怕的強盜到底是誰？
是誰？
是誰？
到底是誰？
就在這時……

③有人發現櫃檯上蓋了佐羅力的馬鈴薯印章。
啊，這、這是？
什、什麼？原來是邪惡天才怪傑佐羅力幹得好事。
好，本大爺決定了！！明天就去搶銀行，然後去蓋這個馬鈴薯印章吧吧吧吧吧……
④於是，世人就此被推入恐懼的深坑，不，不對，是恐懼的深淵……
啊，不知道他接下來會出現在哪一家銀行？
如果不趕快想辦法，全世界所有銀行的錢，恐怕全都會被他搶光光！

第二天早晨，
他們來到了銀行，
發現銀行裡有很多人。

今天該不會是
發薪水的日子吧？不然怎麼會
這麼多人都跑來銀行領錢，
這就說明了一件事，
今天銀行裡放的錢，
肯定會比平常多很多很多，
嘻嘻呵呵。

佐羅力把手放在口袋裡，
緊緊握住了裡面的手槍。
這是他們昨天花了
整整一個晚上，
熬夜用馬鈴薯雕刻出
手槍的形狀，
然後，再用墨水塗成黑色，
就是為了今天要搶銀行
而做的準備。

答、答、答。
他們三人走到銀行的櫃檯前，
壓低了嗓門，
對著銀行小姐的窗口說：
「喂，
把錢裝在這個袋子裡。
如果你敢違抗，
這把手槍……」
他們的話還沒有說完，

這位客人，你怎麼可以不排隊？
一定要遵守秩序才行。
先去領號碼牌，
還沒輪到你，就先在旁邊等一下。
啊，不是啦，
因為我不知道嘛

銀行小姐生氣的對佐羅力破口大罵。在一旁等待的其他客人也都紛紛出聲指責：

「對啊，對啊，我們也在這裡

「排隊等很久了。」

那些客人都用可怕的眼神瞪著佐羅力他們。

「好，我知道了，對不起。」

三個人很不甘願的抽了號碼牌。

結果抽到六十五號，但是現在才排到第十二號而已。

「啊～啊，還要等五十三個人呀——」

佐羅力三人只好
坐在銀行大廳的沙發上，
拿起雜誌和漫畫
打發時間。
但是，他們昨天晚上
熬夜做馬鈴薯手槍，
一直做到天亮，
所以，不知不覺中，
眼皮也愈來愈重，

愈來愈睏，最後，
三個人終於
身體靠在一起，
在沙發上睡著了。

「這位先生、這位先生，今天銀行的營業時間已經結束了，請你醒一醒。」

銀行行員搖醒了佐羅力三人，但是他們根本還沒有睡醒，迷迷糊糊的遮上了號碼牌。

「啊呀啊呀，
這個號碼早就過號了，
真是對不起啊，
可不可以請你明天再來？」
「喔，是嗎？那我知道了，真對不起。」
佐羅力三人已經忘記
他們來銀行的目的，
聽到行員這麼說就擦擦口水，
走出了銀行。

「啊，我想起來了，
我們本來不是要去搶銀行嗎？」
於是，三個人垂頭喪氣的，
回到了馬鈴薯田。
「如果順利搶銀行成功的話，
今天晚上，就可以吃到很大很大的漢堡排，
或是加了很多很多肉的
咖哩飯了。」
魯豬豬低聲說道。

「最可惜的是，
本大爺錯過了
蓋印章的機會。」
佐羅力難過的看著
魯豬豬雕刻的
馬鈴薯印章。
就在這時，
他靈機一動，
想到了一個好主意。

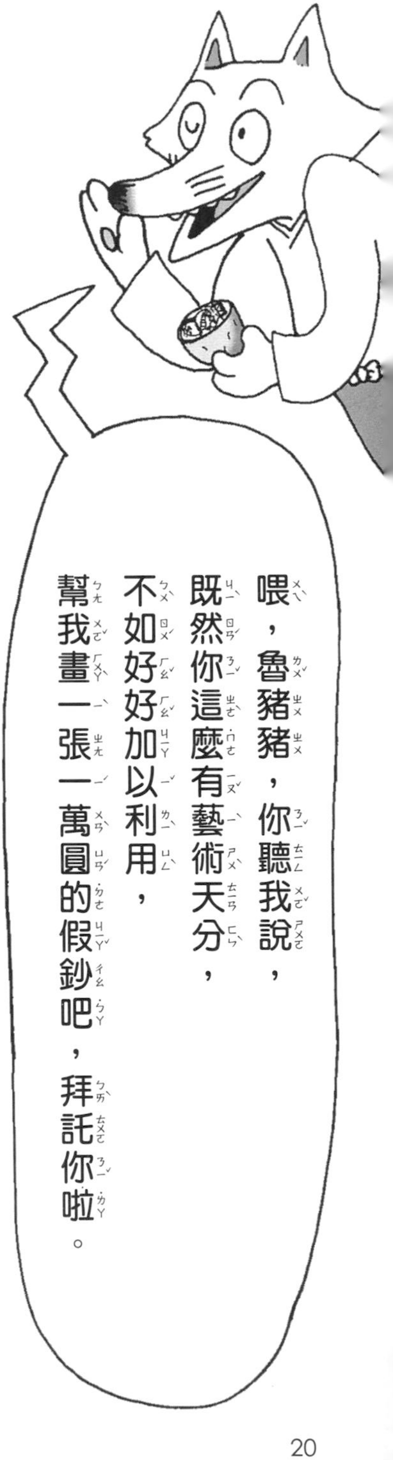
喂，魯豬豬，你聽我說，
既然你這麼有藝術天分，
不如好好加以利用，
幫我畫一張一萬圓的假鈔吧，拜託你啦。

看到佐羅力拱手拜託，魯豬豬不敢拒絕。

當佐羅力和伊豬豬在烤馬鈴薯時，魯豬豬在火堆旁，就著火光，默默的低頭畫圖，畫著佐羅力要他畫的一萬圓假鈔。

即使把烤好的馬鈴薯遞給他，他也只能一邊吃，一邊畫個不停。

整天吃相同味道的馬鈴薯，一下子就膩了，如果可以加番茄醬或是美乃滋就太棒了。

當佐羅力和伊豬豬兩個人悠閒聊天時，「呃，佐羅力大師，你看這樣行嗎？」魯豬豬遞上畫好的假鈔問。

「這、這是什麼鬼東西啊？」

魯豬豬手上的假鈔跟真鈔完全不一樣，
就連小嬰兒都看得出來
那是一張假鈔。

「對不起，我只有在三年前
看過一萬圓的紙鈔。只有看過那麼一次，
如果沒有真鈔當參考，
再怎麼厲害，也畫不出來嘛。」

「嗯嗯，你提醒了本大爺，

本大爺也好久沒看過一萬圓了。」

佐羅力點了點頭。

魯豬豬又接著說：

「而且，我只有黑色墨水，

即使畫得再像，

也一眼就看得出是

假鈔。」

「好，這件事，

交給我和伊豬豬來想辦法。」

第二天，佐羅力和伊豬豬，一起去了漢堡店，應徵工讀生打工賺錢。
甜點
超值套餐
480元
230元
180元
薯
你好 歡迎光臨。
請問要不要再加點一份薯條呢？
現在購買兒童餐特價優惠，最划算喔。
480元
薯條
黃金雞塊
送玩具

他們兩個人
認真工作了一整天，
累得精疲力盡。
到了晚上，
他們領到了
一萬五千圓的
打工費。
今天店裡特別忙，
還好有你們幫忙。
來，這是你們的薪水。
謝謝，
真是太好了！
漢
經濟早餐
划算又
堡店

他們回到了
馬鈴薯田，
把一萬圓紙鈔
和順路買回來的
十二色
彩色墨水組，
全部一起
交給了
魯豬豬。

這麼一來，所有的材料都準備齊全了。你要畫一張像真的假鈔，拜託你囉。
辛苦你們了。我已經為你們準備好晚餐了。
彩色墨水 一組 12色
彩色墨水 一組 12色

佐羅力露齒一笑，滿臉得意的從懷裡拿出了打工時，從漢堡店裡偷來的番茄醬包。

佐羅力和伊豬豬

打工一整天，

早就已經累壞了，

吃完加了番茄醬的

馬鈴薯後，

立刻倒在地上

呼呼大睡。

接下來，輪到魯豬豬認真工作了。

他對照著那張一萬圓真鈔，開始一筆又一筆，仔細畫出細微的圖案。

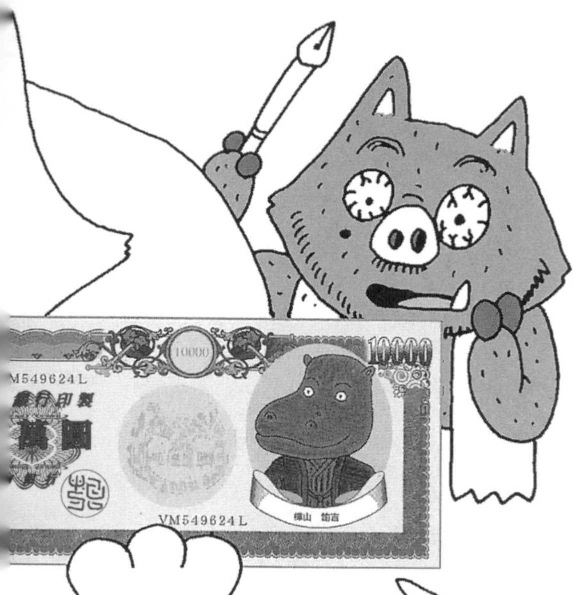

第二天早上，魯豬豬兩眼通紅，眼睛裡都是血絲，他把假鈔遞給佐羅力。佐羅力拿著假鈔，和真鈔比較了半天。

嗯，畫得真好啊。
尤其是上面這張臉，
簡直畫得一模一樣。
本大爺也想成為偉人呀，這樣我的臉
就會印在萬圓大鈔上了。嘻嘻呵呵。

佐羅力興奮的

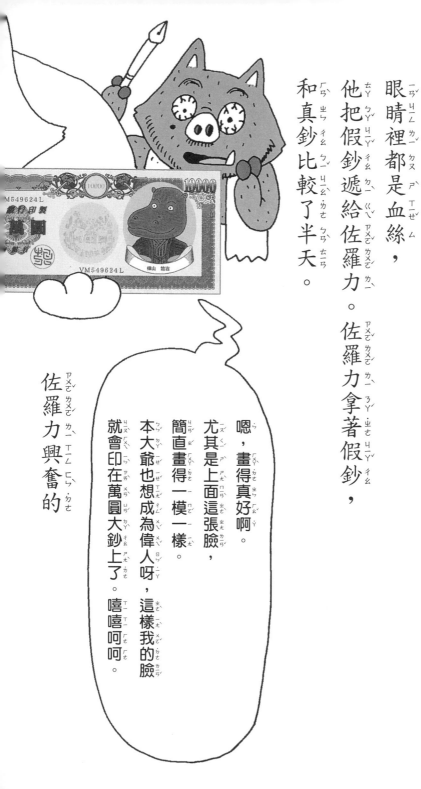

拍拍魯豬豬的肩膀。

好，那我們就趕快找個地方試用看看。

走吧，跟我來，

我請你們去吃喜歡的好東西。

「哇哦！」

聽到有好吃的東西，

魯豬豬立刻精神大振。

佐羅力緊緊握著那張假鈔，

帶著他們直奔家庭餐廳，準備去吃大餐。

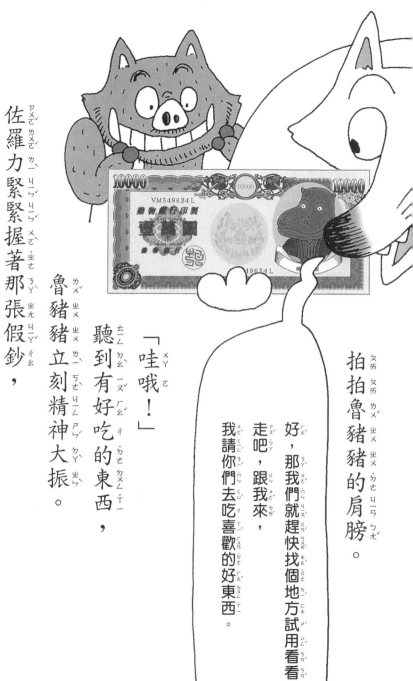

佐羅力三人
點了所有想吃的食物，
放滿一整張桌子。
不過一眨眼的工夫，
他們就統統吃得精光了。
「嗝，你們吃得
還滿意嗎？」
「嗯，吃得好飽，
吃得我都快撐死了，

嗝
他們點的菜
巨無霸漢堡排
綜合披薩
餃子
巧克力
聖代
蛋包飯
肉丸子義大利麵

呼～」

「現在，
終於到了
這一刻，
來試試看這張錢
能不能用。嘻嘻呵呵。」

佐羅力取出假鈔，
拿在手上
甩來甩去。

他們點的菜
可樂
蜜紅豆冰淇淋
熱牛奶
炒飯
布丁
肉塊特多咖哩飯

「總共是
九千兩百圓整。」
「真是太便宜了，
那就麻煩你
找錢吧。」
佐羅力啪的一聲，
把緊緊握在手上的假鈔
放在收銀台上，
「啊！」

餐廳的店員忍不住瞪大了眼睛，盯著那張紙鈔看。

佐羅力也慌忙低頭一看，發現那張假鈔竟然有一半已經糊掉了，圖案變得很模糊。

可能是因為佐羅力手上的汗和披薩的油，把假鈔上的墨水溶化了。

「慘、慘了，快逃。」

佐羅力大叫一聲，三個人衝出餐廳，一溜煙的逃走了。

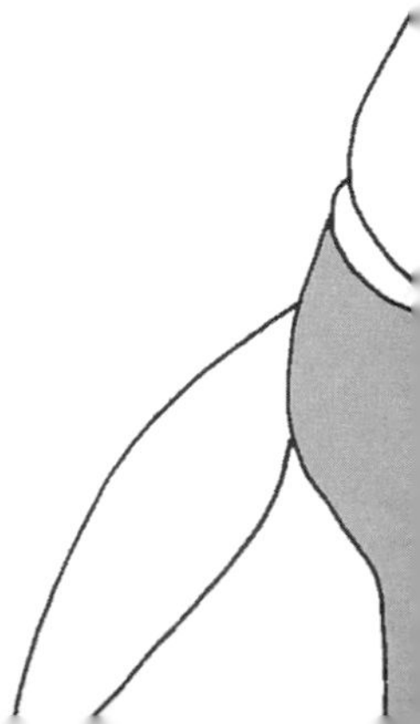

第二天，報紙上刊登了這樣的報導：

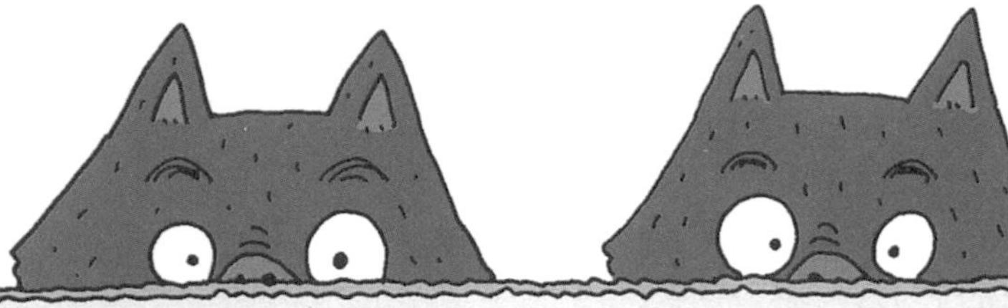

壞蛋
佐羅力吃霸王餐!!

潦倒落魄的惡作劇天才
沒出息的佐羅力
丟臉丟到家了！

吃霸王餐的
落魄佐羅力

昨天中午左右，怪傑佐羅力（一百一十三歲）和他的兩名手下前往家庭餐廳樂鴨樂，吃光了他們點的肉丸子義大利麵、肉塊特多咖哩飯、綜合披薩和餃子等十二道餐點，準備付錢結帳時，放在收銀台上的一萬圓紙鈔竟然糊掉了。店員感到不對勁，想要報警時，佐羅力等人已發現苗頭不對，立刻拔腿就逃。

證據：糊掉的假鈔

佐羅力留下的假鈔是手工繪製的，畫得和真鈔幾乎一模一樣，但由於使用水性墨水，警方研判是因為碰到手汗和油漬，才會導致假鈔上的墨水糊掉。警方已經將該假鈔列為重要證據，正進一步展開調查。

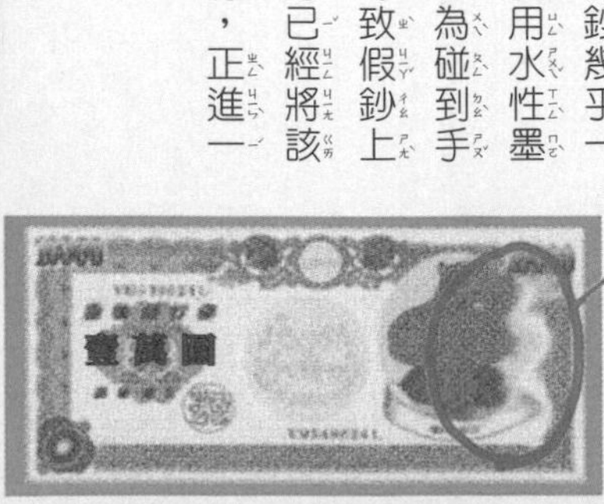

這裡很明顯糊掉了。

樂鴨樂餐廳店員的證詞

「一開始，真
他，看到鈔票糊
怪怪的，想了一
不對勁，果然收
所以趕快報警處

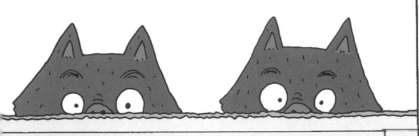

「他、他們怎麼會知道
那個吃霸王餐的人是我？」
「可能是因為我在桌子上蓋了
馬鈴薯印章的關係。」
「唉，你怎麼早不蓋，晚不蓋，
偏偏在這種時候蓋。
天下第一的佐羅力大爺
竟然跑去餐廳吃霸王餐，
我怎麼有臉面對廣大讀者呢？」
佐羅力忍不住垂頭喪氣的說。

但是，下一刻，佐羅力立刻雙眼發亮，
猛然站了起來。

「既然這樣，一不做，二不休，
乾脆驚天動地的好好幹一大票，
才能挽回我的名譽。」

他帶著伊豬豬和魯豬豬
來到了「造幣局」。

「佐羅力大師，
什麼是『造幣局』？」

這是發生在佐羅力的世界中的故事。我們的紙鈔都是在「中央印製廠」印製的。

「嘻呵呵，我告訴你們，
這裡就是國家專門印紙鈔的工廠。
何必那麼辛苦做什麼假鈔，
乾脆來這裡印一萬圓的真鈔，
想要多少就印多少，
印了多少就拿多少，
是不是很過癮？
嘻嘻呵呵。」

造幣局
造幣局
造幣局

但是，像造幣局這麼重要的地方，通常戒備都格外森嚴，外人根本不可能突破警戒，溜進去裡面。

嗯，想要順利偷溜進去，
我們首先必須四處打聽，
好蒐集一些情報。
嘻呵呵，看我的。

於是，三個人就像刑警一樣，在附近四處打聽——
也想辦法偵察造幣局裡面的情況。

在周圍四處來回嗅聞、監看——

他們整整調查了三天，終於掌握了以下這些情況：

佐羅力軍團
調查結果報告

第一　造幣局在白天印製紙鈔的時候，
戒備特別森嚴。

第二　造幣局五點下班，
員工都會在下班後離開。

第三　晚上有八架監視攝影機監視印刷室，
只要安排一名警衛值班就足夠了。

第四　發生異常時，只要警衛按下警鈴，
警察就會在十分鐘內趕到。

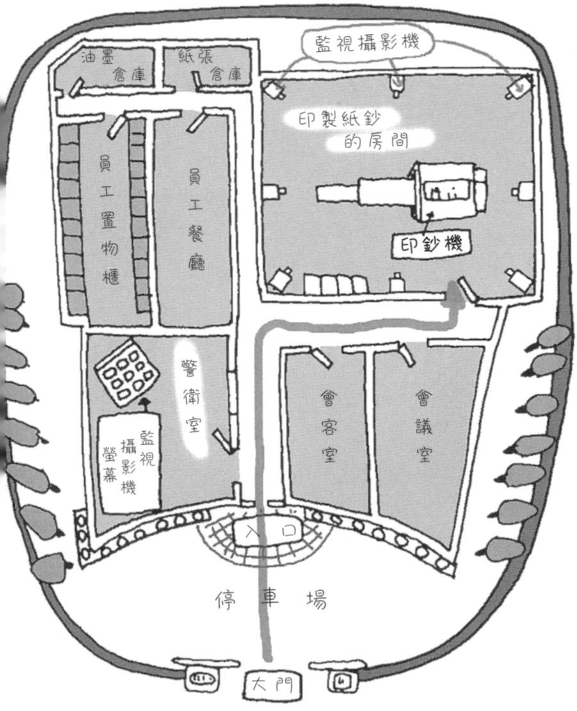

造幣局的警衛

熊田吉造
62 歲
在造幣局擔任警衛已經五年。

☆ 最最最喜歡喝酒。

☆ 有一個他很疼愛的孫子。

根據以上調查結果，
佐羅力研擬出
非常周詳的作戰計畫，
然後，
立刻出門
去採買東西，
同時，
著手準備各種
必需的工具。

怪傑佐羅力變身

一下子就變成了宅配員!!

多虧之前在漢堡店打工賺了一萬圓，所以，佐羅力三人很快就做好了所有的準備工作。

宅配員的制服
剩下的番茄醬
六個還沒有組裝的紙箱
口袋裡只剩下零錢188圓
鐵絲

☆制服、紙箱和鐵絲都是從宅配公司偷來的，所以**不用錢!!**

今天晚上，終於可以行動了。
三個人的臉都因為興奮而亮了起來。

傍晚的時候，
等到造幣局的員工都下班回家了，
佐羅力立刻穿上宅配公司的制服，
出發前往造幣局的警衛室。

「警衛先生，
你的孫子委託
我們送東西給你。」

「啊呀啊呀，
真是太開心了。

有一個孝順貼心的孫子，
人生真是太幸福美滿了。」
警衛眉開眼笑，
從懷裡拿出孫子的照片，
愈想愈開心。
「不知道他寄了什麼東西
來給我。」
警衛立刻打開盒子
一看……

哈哈，這不是我最愛喝的酒嗎？真想馬上來喝幾杯，可惜我正在上班，不能喝酒，等下班回家後，再慢慢喝吧！
老爺爺，不好了！這瓶酒的有效期限只到今天為止。如果不趕快喝掉，恐怕馬上就會變得難喝了。

這可真傷腦筋啊。但是，我現在還在上班啊——
這瓶酒是你可愛孫子寄給你的，那可是他的一番心意啊。工作的事沒關係，反正有這些監視攝影機會負責監視啊。
而且，我也會暫時留在這裡，幫你一起看著。
怎麼樣？那就先喝一小口嚐嚐看吧。
是、是嗎？你真是好人啊，那我就先來一小杯好了。

結果，一小杯變成了兩小杯，兩小杯又變成了三小杯，
喜歡喝酒的警衛先生，喝得欲罷不能。

他喝得心情大好。
佐羅力也假裝和他一起喝酒，
不斷陪他聊天，
企圖分散他的注意力。

溜了進去，
一路走進了印刷室。

就在這時，伊豬豬和
魯豬豬壓低了身體，
悄悄的從警衛室旁

伊豬豬和魯豬豬
一走進印刷室，
立刻站在梯子上，
爬到監視攝影機後方。

然後，
拿起拍立得相機，
從監視攝影機的角度，
把室內的情況拍了下來。

再把拍好的照片，
一張張分別掛在
監視攝影機
的前面。

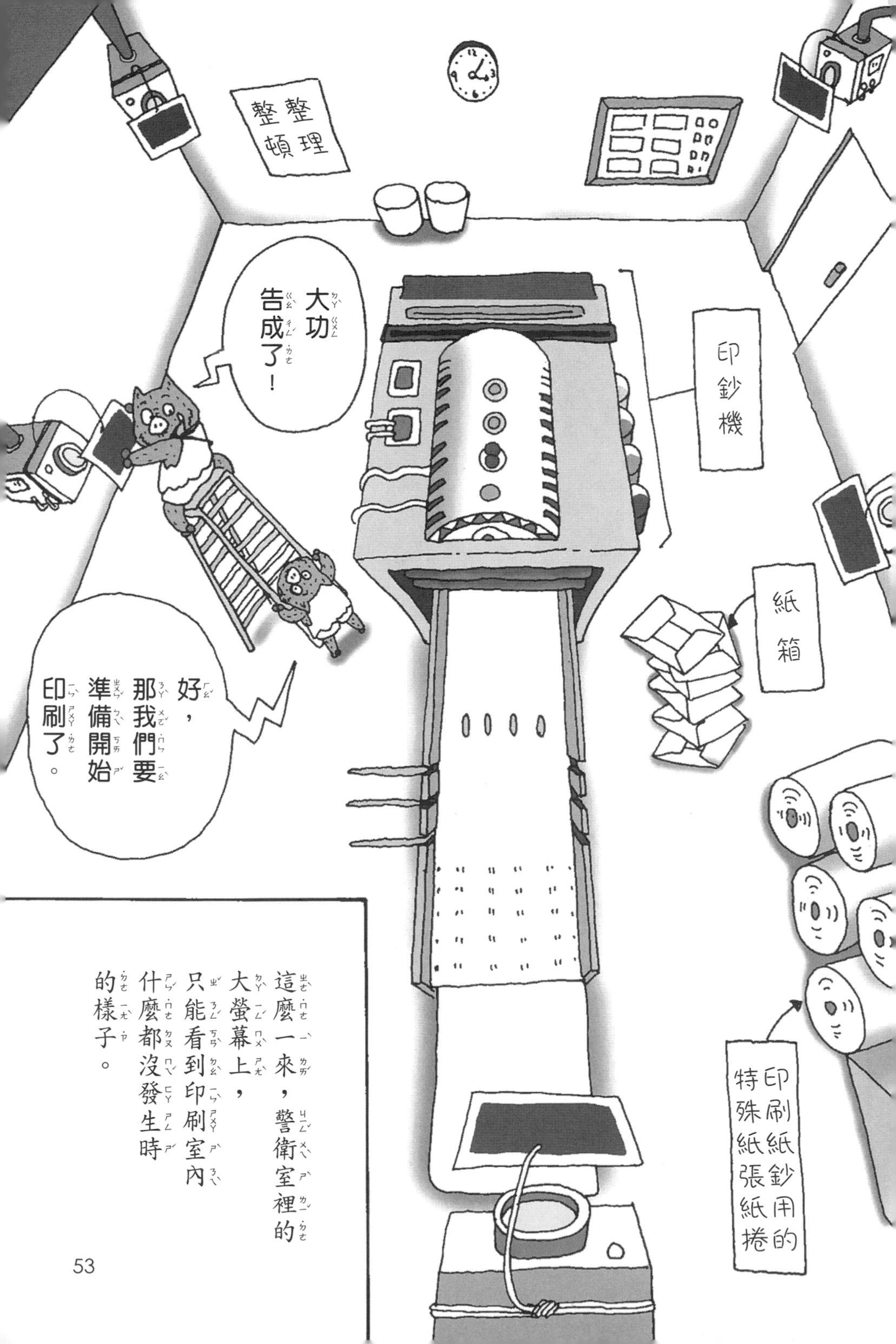
整理
整頓
大功告成了！
好，那我們要準備印刷了。
印鈔機
紙箱
印刷紙鈔用的特殊紙張紙捲

這麼一來，警衛室裡的大螢幕上，只能看到印刷室內什麼都沒發生時的樣子。

「你看看，印刷室裡面根本什麼事都沒有。今天不會有任何狀況發生，你就放心吧，再來一杯，怎麼樣？」

佐羅力指著監視器的螢幕，

對警衛說道。

「你這個人真是太好了，我喜歡你，來來來，我們一起喝。」

已經喝得酩酊大醉的警衛，眼皮愈來愈重。

佐羅力輕手輕腳的為他蓋上毛毯，警衛立刻發出呼呼的鼾聲睡著了。

於是，佐羅力大搖大擺的走進伊豬豬和魯豬豬正等著他的印刷室。

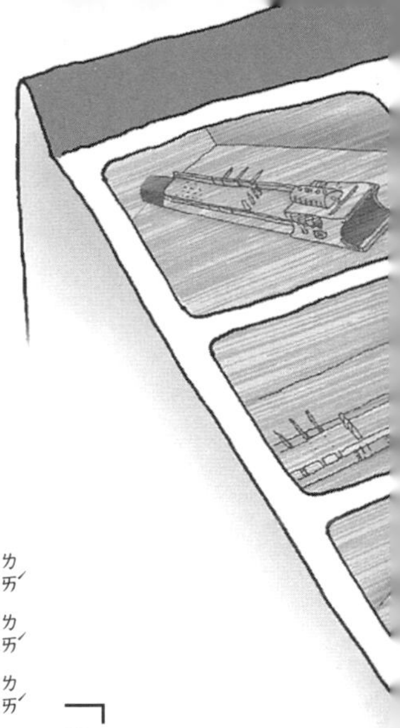

「佐羅力大師，我們等你很久了。

印鈔用的母版，也已經按照大師喜歡的樣子重新調整好了。

我們只要按下按鈕，就可以開始印鈔票了。」

母版

印刷紙鈔時使用的印刷版

「喔，你們的動作真俐落。那就廢話少說，趕快開始印錢吧。」

伊豬豬把專門用來印錢的特殊紙張紙捲裝好之後，魯豬豬就按下了印鈔機的開關。

嘎嘎嘎、嘎鏘、嘎嘎嘎、嘎鏘，印鈔機動了起來。

接著，
印鈔機馬上印出了一整頁一萬圓鈔票圖案的紙張，一張又一張，一張又一張的從印鈔機裡吐出來。

當一萬圓的紙張
總共印了一百張時——

機器上面出現了幾把
很大的裁切刀，
喀嚓、喀嚓的把紙鈔裁開了。

接著，機器還吐出紙帶
把紙鈔一疊疊紮起來，
每一疊都是一百萬圓。

最後，一疊疊一百萬圓紙鈔
自動從傳輸帶上送了過來，
在他們眼前堆成一座小山。

「哇哦，這真是太厲害了。
我們變成超級有錢人了。」

一疊疊的鈔票，
在他們面前愈堆愈高，
佐羅力他們也愈來愈貪心了。

再多一點吧，再多一點吧，
他們看著錢不斷印出來，
還貪心得想要更多，
結果就愈印愈多，愈印愈多了。

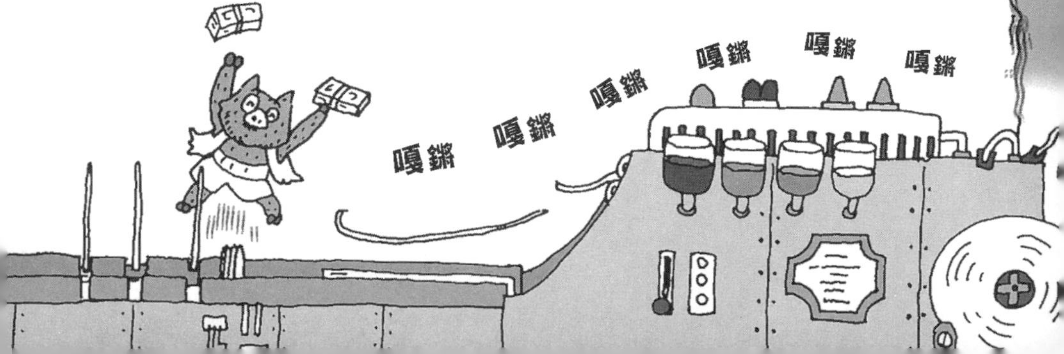

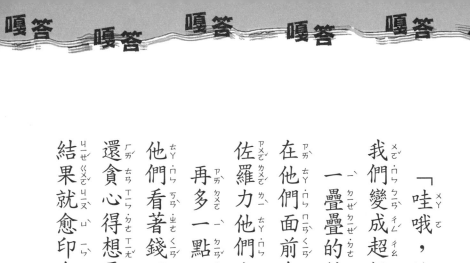

但是，他們大錯特錯了。
由於印鈔機長時間的震動，
使得掛在監視攝影機前的拍立得照片
慢慢、慢慢的移動，
漸漸偏離了原來
的位置。
而且，
好巧不巧，
這個時候——

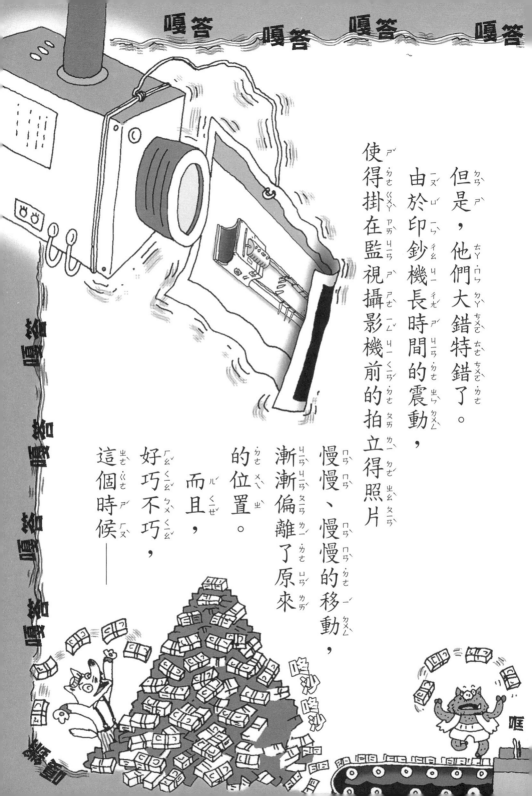

——警衛酒醒了。

「啊，那就先去尿個尿吧。」

他站了起來，不經意的看向監視器的螢幕，

發現印鈔機竟然在動，而且還有人影晃動。

糟了，出事了。
有、有人偷偷
溜進去了!!

他驚慌失措，匆忙按下警鈴。

鈴、鈴、鈴、鈴、鈴、鈴——

「完蛋了，剛才我喝了酒，而且還不小心睡著了，警察十分鐘後就會趕到，到時候就慘了。如果被人發現，我一定會被開除。」

警衛急急忙忙收起了酒瓶和酒杯。

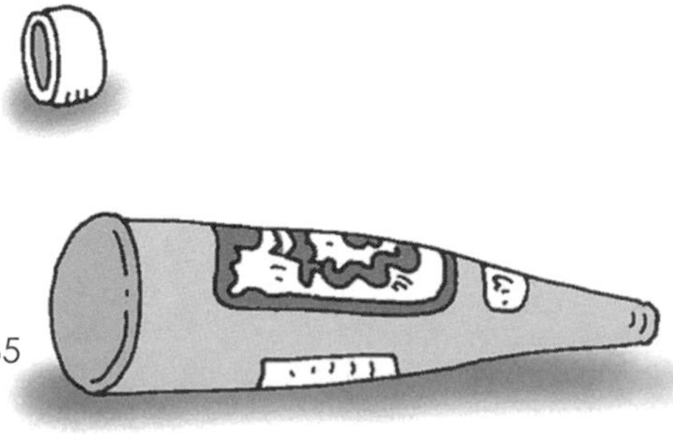

鈴鈴鈴鈴鈴鈴鈴

「哼，被發現了。我去拖延時間，
你們趕快把錢裝進紙箱，能裝多少就裝多少，
然後，放在那輛推車上，
盡快推到外面去，
聽到了嗎？」
「佐羅力大師，沒問題嗎？」
「包在我身上。」
佐羅力自信滿滿的用力拍著胸脯。
噗沙!!

哎呀!!番茄醬還放在口袋裡，忘了拿出來。
噗沙!!

番茄醬的包裝破了，他的胸前被染成了一片鮮紅。

「嘖，番茄醬的污漬很不好洗。」

佐羅力一邊咂著嘴，一邊快步衝向警衛室。

警衛一看到佐羅力，

驚慌失措、臉色蒼白的對他說：

「宅配先生，我剛才喝酒喝醉了，

是不是我不小心睡著的時候，

歹徒對你開了槍？

啊，我真是一個失職的警衛。」

警衛似乎誤以為佐羅力胸前的

番茄醬汁是「血」了。

佐羅力決定將計就計，

他急忙按住胸口，露出痛苦的表情對警衛說：

「不、不能怪你，剛才是我勸你喝酒的，是我的錯。咳咳……」

「你受了這麼重的傷，還這麼袒護我，你人真是太好了。」

警衛的眼中泛著淚光。

「剛才喝酒的事，就當成是我們兩個人之間的祕密。」

佐羅力親切的對警衛說，然後緊緊抱住了他。

這個動作其實是他的詭計，目的是為了不讓警衛看到伊豬豬他們推著推車，把錢搬走。

「我還要去其他地方送貨，

那我就先走一步了。」

佐羅力想趁這個機會溜走。

「開什麼玩笑，你受了那麼嚴重的傷，
我幫你叫救護車，
你在這裡等一下。」

警衛不讓佐羅力離開，
轉過身去打電話。

見機不可失，
佐羅力趁機飛快衝出大門。

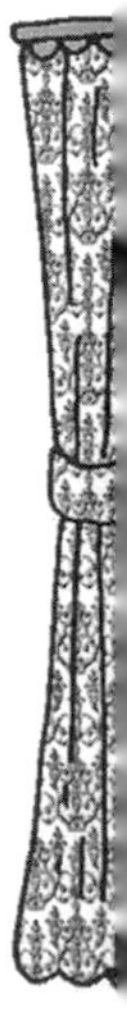

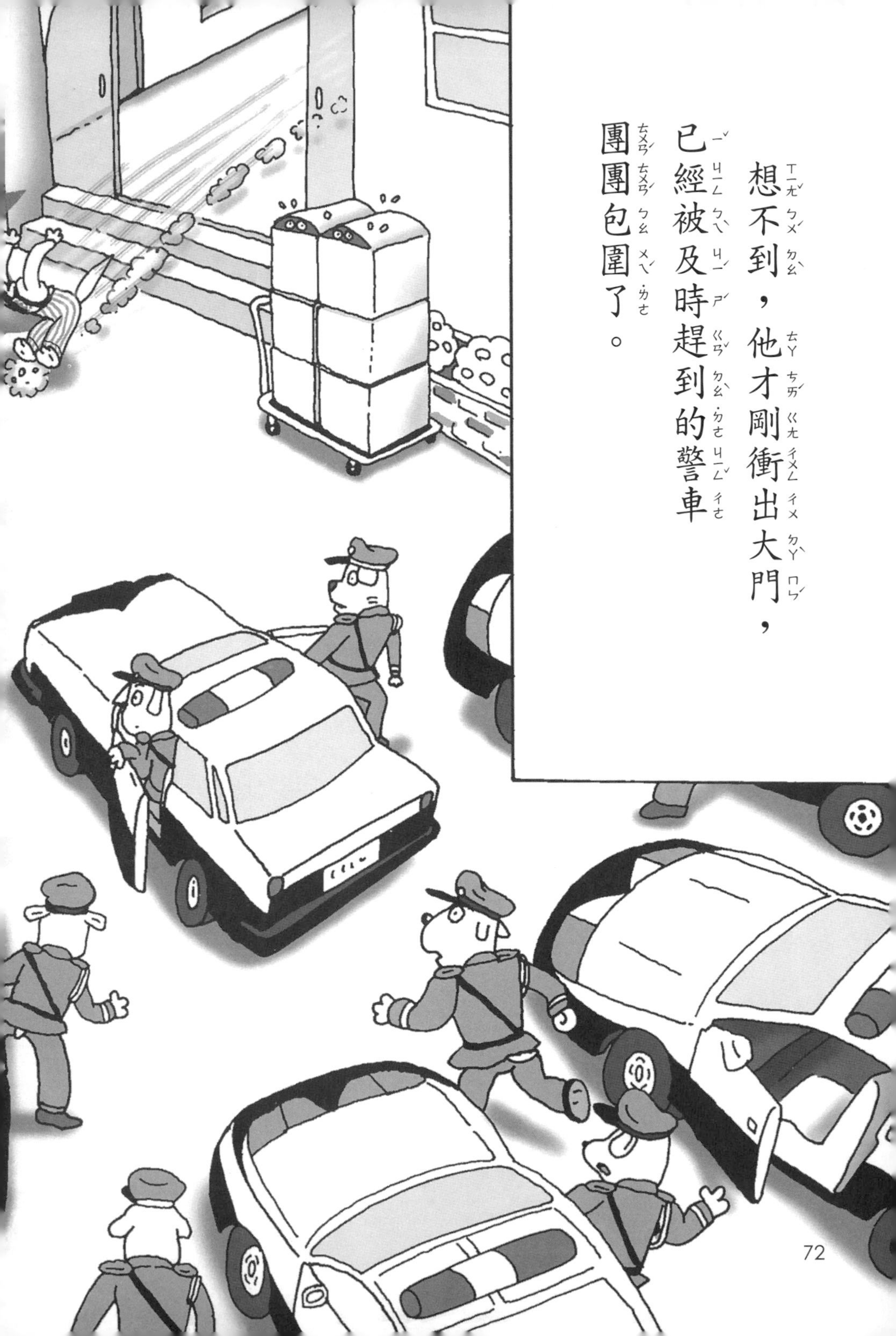

想不到，他才剛衝出大門，已經被及時趕到的警車團團包圍了。

造幣局內，
傳來一聲大喊：
「請你們趕快
攔住這個人。」
聽到警衛的聲音，
佐羅力知道
自己已經逃不掉了。

但是，警衛從門內衝出來，
直接跑到佐羅力的身旁，
對警察解釋說：
「警察先生，請你們聽我說，
這位宅配先生工作很認真，
他的身上已經中了槍，
竟然還堅持要繼續
完成他的工作，
把貨物送到客戶手上，

我怎麼勸他，
他都不聽，
你們可不可以說服他，
趕快去醫院治療。」

佐羅力聽了，總算鬆了一口氣說：
「只剩下一個地方而已，
請讓我去把貨送完吧，拜託你們。」
佐羅力真的很想趕快逃離這個地方，但是，
就在他們說話的時候——

——救護車已經趕到了。
這位小兄弟，來吧，你先去醫院，把傷口處理好再說。等你治好傷，再去送貨也來得及啊。
不要啦！只要有人等我送貨上門，即使冒著生命危險，我也要趕快把貨送過去，這是我的義務——

佐羅力緊緊抱著貨物，死也不肯放開。救護隊員見狀，一臉為難的表情對他說：

好吧，那這麼辦。我們先送你去醫院。然後保證負責幫你把這些貨物送到客戶的手上。

「真、真的嗎？那好吧，那……我就上車吧。我們趕快去醫院，別耽誤時間了。」

佐羅力決定見風轉舵，坐上了救護車。

「啊，對了對了，警察先生，剛才開槍打中我的歹徒，

我好像看見他們跑到印刷室去了，現在說不定還躲在裡面呢。」

佐羅力故意假裝好像突然想起似的這麼對警察說。

「什麼！你怎麼不早說!!」

所有的警官紛紛衝進了造幣局。

「我也要去現場察看情況，你要記住喔，那件事是你我之間的祕密。」

警衛小聲的在佐羅力的耳邊說，然後就跟著警察跑進去了。

搬的時候要小心點。
對我來說，
這些貨物就是
我的性命。

佐羅力向救護隊員拜託著。

「把病患平平安安送到醫院，也是我們的使命。你的心情，我們非常能夠理解。」

他們揮汗如雨的把箱子搬上了車子。

佐羅力看到救護隊員
把最後一個箱子搬上車後，
立刻從口袋裡拿出零錢，
往車外的地上
用力丟出去。

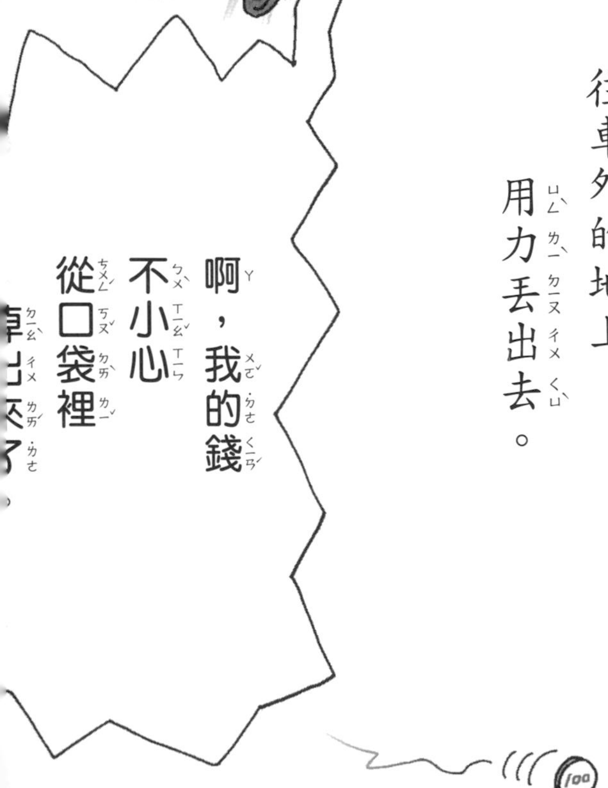
啊，我的錢
不小心
從口袋裡
掉出來了。

聽到佐羅力大叫的聲音，

救護隊員急急忙忙往左跑，往右跑，追著在地上滾來滾去的零錢。

「伊豬豬，魯豬豬！趁現在!!」

佐羅力一聲令下——

——伊豬豬和魯豬豬立刻從剛剛搬上救護車的紙箱裡跳了出來。

他們動作俐落的跳到駕駛座上，打開警笛聲，一下子就把車子開了出去。

兩名救護隊員還蹲在地上，
手上緊緊抓著
撿到的零錢，
一臉茫然，
但他們也只能眼睜睜的
看著救護車，
快速奔馳著，
揚長而去。

這個時候，佐羅力三人在救護車上被錢包圍，樂得哈哈大笑。

「太好了！」

「呀吼！全世界只有佐羅力大師有辦法做到這種事，別人根本學不來。」

「你說的對。喂，魯豬豬，你有記得蓋佐羅力的馬鈴薯印章吧。」

「對不起，很可惜，
因為某種原因，我沒辦法蓋。」

「哼，你真是個沒用的東西。」

如果在平時，佐羅力一定會大發脾氣，
把魯豬豬臭罵一頓，
但現在他看到身旁的錢
堆得像小山一樣高，
他也在不知不覺中，
露出了笑容。

佐羅力三人逃進了深山裡，把錢全部堆在眼前，堆得高高的。

每個人都在腦海中想像著想要的東西、想買的東西。

那真是非常幸福的時光。

但是，
過了一會兒，
佐羅力竟然在
那些錢上
看到了難以置信的東西。

為、為什麼？
怎、怎麼會這樣！
這是怎麼一回事？
一萬圓的紙鈔上竟然出現了
10000
VM080872B
動物銀行印製
壹萬圓
動物銀行
佐羅力大爺駕到
VM080872B

滿臉笑容的佐羅力。

佐羅力檢查了錢堆裡所有的錢，檢查了每一張錢，很可惜，每一張錢上頭都有佐羅力的笑臉。

佐羅力一臉茫然的站在原地，魯豬豬得意洋洋的對他說：

佐羅力大師，你之前不是曾經說過，『我也想當偉人，把臉印在錢上面』嗎？我們想要幫大師實現這個偉大的夢想，所以，就和伊豬豬這麼做了。
對啊，我們把魯豬豬之前做的馬鈴薯印章切得很薄很薄，然後，

貼在母版上，再拿去印錢。費了很大的工夫，對吧，魯豬豬。

佐羅力聽了伊豬豬和魯豬豬兩個人的得意自誇，他覺得自己快要昏倒了。

不一會兒，佐羅力醒了過來，
張開了眼睛。
他很希望這一切都是夢，
但是，印了佐羅力笑臉的錢，
仍然在他前面堆得像小山一樣高。
搞了半天，眼前這一大堆錢都是廢紙，根本沒辦法用。丟掉的話，又好像太可惜了，我決定了，我要把這些錢統統送給讀者。
這麼多錢，都變成了廢紙嗎？我們原本還希望讓佐羅力大師開心一下的。
我們做了多此一舉的事，我反省、我反省。

好了，別客氣，拿去好好保存，當作紀念吧。等我變成偉人的時候，這搞不好會很值錢喔。
佐羅力媽媽的請求
我家的佐羅力
好像打算送各位讀者
很無聊的東西，
請各位千萬不要
剪下來拿去用。
否則，你也會
被抓去坐牢的。
佐羅力媽媽

• 作者簡介

原裕 Yutaka Hara

一九五三年出生於日本熊本縣，一九七四年獲得ＫＦＳ創作比賽「講談社兒童圖書獎」，主要作品有《小小的森林》、《手套火箭的宇宙探險》、《寶貝木屐》、《小噗出門買東西》、《我也能變得和爸爸一樣嗎？》、【輕飄飄的巧克力島】系列、【膽小的鬼怪】系列、【菠菜人】系列、【怪傑佐羅力】系列、【鬼怪尤太】系列、【魔法的禮物】系列等。

• 譯者簡介

王蘊潔

專職日文譯者，旅日求學期間曾經寄宿日本家庭，深入體會日本文化內涵，從事翻譯工作至今二十餘年。熱愛閱讀，熱愛故事，除了或嚴肅或浪漫、或驚悚或溫馨的小說翻譯，也從翻譯童書的過程中，充分體會童心與幽默樂趣。曾經譯有《白色巨塔》、《博士熱愛的算式》、《哪啊哪啊神去村》等暢銷小說，也譯有【魔女宅急便】系列、【小小火車向前跑】系列、《大家一起來畫畫》、《大家一起做料理》【大家一起玩】系列等童書譯作。

臉書交流專頁：綿羊的譯心譯意。

DOUBUTU GINKO
10000
10000

DOUBUTU GINKO
10000
10000

DOUBUTU GINKO
10000
10000

請延虛線剪下

怪傑佐羅力送各位讀者的禮物

☆我要送各位讀者三張印錯的假鈔。

這些錢當然不能在人類國家使用，即使在動物國家使用，也會被關進牢裡，不要以身試法喔。

國家圖書館出版品預行編目資料

怪傑佐羅力之超級有錢人
原裕 文、圖；王蘊潔 譯 --
第一版. -- 台北市：天下雜誌, 2013.03
96 面 ;14.9x21公分. -- （怪傑佐羅力系列；21）
譯自：かいけつゾロリの大金持ち
ISBN 978-986-241-668-6（精裝）
861.59　　102002628

怪傑佐羅力系列21

怪傑佐羅力之超級有錢人

作者｜原裕
譯者｜王蘊潔
責任編輯｜黃雅妮
特約編輯｜游嘉惠
美術設計｜蕭雅慧

天下雜誌群創辦人｜殷允芃
董事長兼執行長｜何琦瑜
媒體暨產品事業群
總經理｜游玉雪
副總經理｜林彥傑
總編輯｜林欣靜
行銷總監｜林育菁
資深主編｜蔡忠琦
版權主任｜何晨瑋、黃微真

出版者｜親子天下股份有限公司
地址｜台北市 104 建國北路一段 96 號 4 樓
電話｜（02）2509-2800
傳真｜（02）2509-2462
網址｜www.parenting.com.tw
讀者服務專線｜（02）2662-0332
週一～週五：09:00～17:30
讀者服務傳真｜（02）2662-6048
客服信箱｜parenting@cw.com.tw

法律顧問｜台英國際商務法律事務所・羅明通律師
製版印刷｜中原造像股份有限公司
總經銷｜大和圖書有限公司
電話｜（02）8990-2588

出版日期｜2013 年 3 月第一版第一次印行
2023 年 11 月第一版第十九次印行
定價｜250 元
書號｜BCKCH058P
ISBN｜978-986-241-668-6（精裝）

訂購服務
親子天下 Shopping｜shopping.parenting.com.tw
海外・大量訂購｜parenting@cw.com.tw
書香花園｜台北市建國北路二段 6 巷 11 號
電話｜（02）2506-1635
劃撥帳號｜50331356 親子天下股份有限公司

親子天下
有聲故事書

怪傑佐羅力
闖入造幣局!!

每讀新聞

搗蛋天才怪傑佐羅力
再度闖下大禍

日前因為吃霸王餐和使用假鈔事件而引起軒然大波的怪傑佐羅力（一百一十三歲），這次又潛入了造幣局，企圖印刷一萬圓真鈔。

佐羅力想要透過這次的事件向警方宣示，『本大爺隨時可以進入造幣局印鈔票。怎麼樣？拿我沒輒吧，嘻嘻呵呵。』

怪傑佐羅力

佐羅力的失敗

佐羅力等人欺騙了警衛，潛入了印刷室，成功的印刷了一萬圓紙鈔。

但是，不知道為什麼，印出來的一萬圓上，居然還印上了佐羅力的臉。

這些錢根本無法使用，而且立刻就知道是誰幹的好事。佐羅力這麼做到底想要幹什麼？

吉波里警官的看法

吉波里警官

「很明顯，他這是在向警方挑戰。我認為，

曾經親手逮捕過佐羅力的吉波里警官明察秋毫，說出了他精闢的推理。

的確，市面上曾經出現過各種假鈔，但進入造幣局內印刷的想法相當大膽，這麼大格局的犯案手法，只有怪傑佐羅力才想得到。

日後也必須密切注意佐羅力的動向。